Anna Achmatowa

# Ein niedagewesener Herbst

# Anna Achmatowa
# Ein niedagewesener Herbst

Deutsch von Sarah Kirsch und Rainer Kirsch

Mit Aquarellen von Sarah Kirsch

Steidl

А я росла в ~~прохладной~~ узорной тишине,
В прохладной детской молодого века.
И не был мил мне голос человека,
А голос ветра был понятен мне.
Я лопухи любила и крапиву,
Но больше всех серебряную иву.
И благодарная, она жила
Со мной всю жизнь, плакучими ветвями
Бессонницу овевала снами
И странно, я ее пережила.
Там пень торчит. Чужими голосами
Другие ивы что-то говорят
Под нашими, под теми небесами
И я молчу. Как будто умер брат.

Смуглый отрокъ бродилъ по аллеямъ
У озерныхъ глухихъ береговъ.
И столѣтіе мы лелѣемъ
Еле слышный шелестъ шаговъ
Иглы елей густо и колко
Устилаютъ низкіе пни...
Здѣсь лежала его треуголка
И разорванный томъ Парни.

Анна Ахматова.

14 апреля н. ст.
1921.

## Der grauäugige König

Ruhm dir, ewigwährender Schmerz!
Der grauäugige König ist nicht mehr.

Der Herbst war blutrot und drückend am Abend,
Mein Mann kehrte ruhig nach Haus und sagte:

»Weißt du, sie fanden ihn unter der Eiche,
Vier Männer trugen ihn von der Jagd.

So jung ... Die Königin tut mir leid.
Sie ist in einer Nacht ergraut.«

Er fand die Pfeife am Kamin,
Er ging zur nächtlichen Arbeit fort.

So werde ich nun mein Töchterlein wecken,
Ihr in die Äuglein, die grauen, blicken.

Die hohen Pappeln rauschen im Hof:
»Dein König ist tot ...«

*1910*

*Für Alexander Block*

Bin dem Dichter Gast geworden.
Es ist Mittag. Es ist Sonntag.
Stille ist im weiten Zimmer.
Vorm Fenster knistert der Frost.

Eine himbeerrote Sonne
Überm zottigen blauen Nebel ...
Ach wie nah: aus klaren Augen,
Schweigsam, sieht mich der Hausherr an.

Seine Augen sind beschaffen,
Daß sie die Erinnerung hält.
Vorsichtige, ich: ich sollte
Besser in sie nicht sehn.

Dem Gedächtnis bleibt: ein Sonntag,
Dunstiger Mittag, das Gespräch
In dem grauen hohen Haus
Am Tor der Newa zum Meer.

*1914*

Der schwarze Gartenweg am Meer
Glänzt unterm Licht der gelben Laternen.
Ich bin ganz ruhig. Nur soll man nicht
Von ihm mir sprechen.
Du bist mein Freund, bist sanft und treu,
Wir werden gehn, uns küssen, altern ...
Und leichte Monde überfliegen uns
Wie Schneekristalle.

*1914*

*Aus dem Poem*

## Nah am Meer

Ins flache Ufer waren Buchten geschnitten,
Da sind die Segel ins Meer gelaufen.
Ich trocknete meinen salzigen Zopf
Auf dem Stein eine Werst weit vom Land.
Da kam ein grüner Fisch zu mir,
Da flog mir eine Möwe zu,
Da war ich fröhlich und böse und kühn,
Da sagte mir keiner: Das ist das Glück.
Mein scheckiges Kleid grub ich in Sand
Gegen Landstreicher und Winde,
Schwamm mit den Tauchern weit ins Meer,
Lag da auf undurchsichtigen Wellen.
Kam ich zurück, vom schwarzen Leuchtturm
Floß über Wasser und Himmel schon Licht,
Und der Mönch am Tor von Chersones
Fragte mich wieder: Was läufst du nachts rum?...
Die Nachbarn wußten, ich spür das Wasser,
Und gruben sie einen Brunnen neu,
Riefen sie mich das Wasser finden.
Ich fand französische Kugeln im Sand,
Wie man Pilze und Blaubeeren sammelt,
Ich trug im umgeschlagenen Rock
Rostige Bombensplitter nach Haus.

*1914*

Die Muse ging weiter
Den herbstlichen steilen Weg,
Ihre sonneverbrannten Beine
Waren vom Tau genetzt.

Ich hatte sie lange gebeten,
Mit mir auf den Winter zu warten.
Sie sagte: In einem Grab
Kann ich nicht atmen.

Ich wollte meine Taube geben,
Die weißeste aus dem Schlag.
Doch der Vogel flog selbst
Meinem Gast nach.

Ich schau hinterher und schweige
Und hatte nur sie geliebt.
Nun ist der Himmel feuerrot,
Zu ihrem Land die Tür.

*1915*

Einundzwanzigster. Montag. Nacht.
Im Nebel die Stadtsilhouette.
Da hat irgendein Nichtstuer ausgedacht,
Daß es Liebe auf Erden gäbe.

Und aus Langeweile, aus Trägheit
Glaubtens alle und leben nun hin:
Wolln ein Wiedersehn, fürchten die Trennung
Und dichten ein Liebeslied.

Doch manchen wird ein Geheimnis,
Und Stille senkt sich dann …
Ich erfuhr es durch Zufall, ich bin
Seit jenem Abend wie krank.

*1917*

Mit dem Morgengraun erwachen,
Atemlos gewürgt vom Glück,
Zum Kajütenfenster drehn
Auf die grüne wandernde Welle,
Und an Deck im trüben Wetter,
Tief im Flaumpelz eingehüllt,
Die Motoren klopfen hören,
Nun an nichts und niemand denken,
Und doch bis zum Wiedersehn
Mit dem, der mein Stern nun ist,
Im salzigen Regen und im Wind
Jede Stunde jünger werden.

*1917*

Das ist einfach, das ist klar,
Jeder weiß, versteht es, du
Liebst mich gar nicht, liebst nicht mich,
Wirst mich niemals lieben.
Und warum denn solls mich zu
Einem Fremden ziehn, warum
Soll für einen ich wie dich
Jeden Abend beten?
Warum irr ich, hab den Freund,
Hab das Kind mit schwarzem Haar,
Hab die Stadt, die liebt ich doch,
hab meine Heimat verlassen –
Irr als dunkle Bettlerin
Durch die fremde Hauptstadt?
Ach so gut, so froh zu denken,
Wie bald ich dich wiederseh!

*1917*

Und eine Stimme war. Sie rief mich an
Tröstend: »Komm nun wo ich bin.
Verlaß dein taubes, dein in Sünden Land,
Von Rußland geh auf immer.
Ich wasch das Blut von deinen Händen,
Ich lösch in dir die düstere Scham –
Der Niederlagen Schmerz, die Kränkung
Deck ich mit einem neuen Namen.«

Doch unbetroffen und gelassener Seele
Verschloß ich mit den Händen mein Gehör;
Daß nicht die nichtswürdige Rede
Den Geist, den trauervollen, mir befleckt.

*1917*

## Nachts

Am Himmel steht ein kaum lebendiger Mond
In dünnen Wolken, die im Licht zerfließen;
Vor dem Palasttor starrt der Posten düster
Zum Turmuhrzeiger, der nicht weiterkommt.

Nach Hause geht die ungetreue Frau
Auf kleinen Schritten, nachdenklich und streng,
Die treue, fest vom Schlaf umarmt, vergeht
In unlöschbarer Angst, die sie verbrennt.

Was gehen sie mich an? Ich hab der Welt
Seufzend Lebwohl gesagt vor sieben Tagen.
Es ist dort drückend, und ich schlich ins Feld,
Am sternbespannten Himmel die Leier schlagen.

*1918*

Er sagte, andere Frauen gibt es nicht.
Nicht eine Irdische wär ich, sondern bin
Der Wintersonne trostreich fallendes Licht,
Das wilde Lied, das ihm die Heimat singt.
Und sterb ich, fängt er nicht zu trauern an,
Wird nicht außer sich schrein: »Wach auf und geh« –
Doch plötzlich wissen: Daß nicht leben kann
Der Körper ohne Sonne, ohne Lied die Seele.
...Was aber jetzt?

*1921*

Nein, nicht mit denen bin ich, die das Land
Dem Feind hinwarfen, Fleisch zum Fraß.
Ihr plumpes Schmeichelwort, ich nehms nicht an –
Ihnen mein Lied nicht, das ich andern gab.

Doch immer nah mir: Der Vertriebene,
Wie hinter Gitter eingezwängt, wie krank.
Das bittre fremde Brot – der Pilger brichts,
Dunkel sein Weg, ohn Ende lang.

Und hier, im tauben Qualm der Brände
Die letzte Jugend hingebracht,
Wehrten wir doch von allen Schlägen
Nicht einen einzigen von uns ab.

Und später, wissen wir, wird wahr befunden
Jeder Tag, wie er war: Jetzt, hier.
Doch niemand auf der Welt ist tränenloser,
Hochmütiger und einfacher als wir.

*1922*

Er flüstert: »Keine Reue, nichts,
Daß ich derart liebe – du
Wirst bei mir sein, liebst nur mich,
Oder ich – der dich erschlug.«
Stechfliege um mich, und taglang,
Nachtlang ohne Pause summt
Diese langweiligste Phrase
Deiner schwarzen Eifersucht.
Schmerz würgt, doch erwürgt mich nicht,
Tränen trocknet, der frei ist, der Wind;
Fröhlichkeit kommt, rührt sie's an,
Mit dem armen Herz zurand.

*1922*

Vor uns schon des nördlichen Meeres Küste,
Grenze unsrer Leiden, unsres Ruhms:
Ich begreif nicht, warum mir zu Füßen
Weinst du? glücklich? oder welchen Kummer?
Und genug nun sind mir die Verdammten,
Gefangenen, Geiseln, Sklaven bis zum Tod –
Nur dem, den ich lieb, dem Unbeugsamen
Teile ich mein Obdach und mein Brot.

*1922*

Schön hier: Rascheln, das Knirschen, leis.
Jeden Morgen noch stärker der Frost.
Weiß in Flammen das Strauchwerk neigt
Sich der blendenden eisigen Rosen.
Und auf federweich prangendem Schnee
Wie Erinnern die Schneespur, wohin?,
Daß vor Zeiten, jahrhundertfern,
Wir zu zweit hier gegangen sind.

*1922*

Ein niedagewesener Herbst hatte hoch eine Kuppel gebaut,
Die Wolken hatten Befehl, nicht über die Kuppel zu fahren,
Und es staunten die Menschen: Da ging der Septemberrauch,
Doch wo blieben die kühlen, nebligen Tage?
Smaragden wurde das Wasser der trüben Kanäle,
Und die Brennessel duftete stärker als Rosen im Wind.
Betäubt von den unerträglichen, höllischen Morgenröten,
Behalten wir sie im Gedächtnis, solang es uns gibt.
In die Hauptstadt brach, wie ein Aufrührer einfällt, die Sonne,
Und es lehnte der Herbst so frühlingshaft kläglich bei ihr,
Daß es schien, gleich müßten, durchsichtig, die Schneeglöckchen kommen ...
Damals kamst du, ruhig, an die Treppe zu meiner Tür.

*1922*

Hab vor dir mein Herz gehütet,
So als läg es in der Newa ...
Folgsam mit gestutzten Flügeln
Wohne ich in deinem Haus.
Aber nachts hör ich es knistern,
Was ist in den Dunkelheiten?
Rauschen Scheremetjews Linden?
Rufen sich die krummen Gnome?
Und es rückt ganz sacht heran,
So wie Wasser heimlich sickert
Drückt es brennend sich ins Ohr,
Schwaches graues Elendsstimmchen –
Brabbelt hier, als wollte es
Diese ganze Nacht hier bleiben:
»Wolltest doch Bequemlichkeit –
Sag mir schon, wo sie jetzt ist!«

*1936*

# Kleopatra

*Alexandrias Paläste*
*Decken sanfte Schatten nun.*
Puschkin

Auf den Knieen vor Augustus vergoß sie, die vergingen, die Tränen.
Des Antonius tote Lippen sind lange geküßt.
Ihre Diener verrieten sie. Es dröhnen die Siegtrompeten
Unterm römischen Adler, und Dunkelheit breitet sich süß . . .
Und eintritt der letzte Gefangene ihrer Schönheit,
Hochgewachsen und stark, und neigt sich erschreckt:
»Wie eine Sklavin . . . dich . . . wird er im Triumph vor sich herführn . . . «
Doch nie bot sich die Neigung des Halses gelassener als jetzt.

Aber morgen die Kinder in Ketten. Ach, wie weniges bleibt
Zu tun auf der Welt – noch ein Scherz mit dem Boten vom Land,
Und die schwarze Schlange, und wie im Bedauern, zum Abschied
An die sandbraune Brust, gleichmütig, und kein Zittern der Hand.

*1940*

# Die Weide

*Und die altersschwachen Bäume.*
Puschkin

Ich aber wuchs in grüngemusterter Stille
In des Jahrhundertanfangs kühlem Kinderzimmer.
Lieb war mir keine Menschenstimme,
Verständlich, was der Wind sprach und verschwieg.
Die Nessel liebte ich und die wilden Kletten,
Am meisten meine Weide, silberblättrig.
Und, dankbar, lebte sie das ganze Leben
Mit mir, wehte mit weinenden Zweigen
Mir Träume in die Schlaflosigkeiten . . .
Nun, seltsam, habe ich sie überlebt.
Dort ragt der Stumpf, mit leisen Stimmen
Reden andere Weiden fremde Worte
Unter dem alten, unter unserem Himmel.
Ich schweige, schweig. Als wär ein Bruder gestorben.

*1940*

## Majakowski im Jahr 1913

Nicht dich im Ruhm kannt ich, ich erinnre
Mich an den Aufgang nur, deinen stürmischen, doch
Kann sein das ist mein Recht, ich lenk die Erinnrung
Auf jene Jahre, die fern sind.
Kraftvoller schlugen die Töne, neue
Stimmen schwirrten im Vers, die jungen
Hände, nicht faul: dräuende
Gerüste richteten sie auf.
Was du berührtest, schien anders
Als es bisher war. An dessen Zerstörung
Du gingst, zerstört liegts. In jeglichem Wort
Pulste das Urteil.
Einsamer du, selten zufrieden, du triebst
Das Schicksal voll Ungeduld, immer
Wußtest du: bald, heiter
Zogst du zum großen Kampf, frei.
Und schon, wir hörtens im Widerhall, dumpf brausend,
Trugst du Gedichte vor, Flut,
Zornig schielte der Regen, ungestüm
Gingst du mit der Stadt in den Streit.
Und, noch niemals gehörter, flog dein
Name, Blitz in den stickigen Saal;
Heute, vom ganzen Land bewahrt,
Tönt er wie ein Signal zum Kampf.

*1940*

*Aus dem Zyklus »Im Jahr vierzig«*

Wird eine Epoche beerdigt,
Tönt kein Psalm übers Grab.
Brennesseln, Disteln
Werden den Hügel verziern.
Den Totengräbern im Zwielicht
Gehts von der Hand. Und es eilt.
Mein Gott, wie die Stille wächst.
Man hört die Zeit vergehn.
Später schwemmts die Versenkte
Hoch wie eine Leiche im Fluß,
Der Sohn will sie nicht erkennen,
Der Enkel wendet sich ab.
Die Köpfe neigen sich tiefer,
Der Mond wie ein Pendel geht.

Und eine solche Stille
Liegt über Paris, da es stirbt.

## Für die Londoner

Shakespeares vierundzwanzigstes Drama
Schreibt die Zeit mit lässiger Hand.
Selber der scheußlichen Mahlzeit Gäste,
Wollen wir lieber Hamlet und Caesar
Lesen überm bleiernen Fluß,
Gäben wir lieber Julia, dem Täubchen,
Singend und leuchtend das Grabgeleit,
Zitterten wir mit gedungenen Mördern,
Sähen ins blutige Fenster Macbeth –
Nur nicht, was geschieht, nicht das, nicht das.
Dies zu lesen, fehlt uns die Kraft.

## Der Schatten

*Doch diese Frau: was weiß sie*
*von der Todesstunde?* O. Mandelstam

Immer die schönsten Kleider, rosiger, schlanker als alle,
Weshalb kommst du vom Grund abgetaner Jahre,
Und warum schaukelt gierig die Erinnerung
Dein Profil durchsichtig hinters Glas der Kutschen?
Einmal stritt man, ob du Engel oder Vogel bist.
Ein Dichter sagte Strohhalm zu dir.
Und ohne Vorzug fiel auf alle zärtliches Licht
Aus den kaukasischen Schluchten deiner Augen.
O Schatten, trag es mir nicht nach, das klare Wetter,
Flaubert, Schlaflosigkeit und spät aufblühender Flieder
Haben mich – schöne Frau des Jahres dreizehn –
An dich und deinen wolkenlosen Tag
Erinnert ... Doch mir stehn diese
Erinnerungen nicht zu Gesicht. O Schatten! *1940*

*Aus dem Zyklus »Kriegswind«*

Die Vögel des Tods im Zenit.
Wo kommt, Leningrad, der dir hilft?

Und kein Lärm jetzt – es atmet, schwer.
Noch am Leben, lauschts. Hört:

Auf dem baltischen Seegrund nachts
Stöhnen seine Söhne im Schlaf,

Tief aus seiner Erde nach Brot
Brüllts zum siebenten Himmel hoch ...

Doch der Himmel versteint, gnadenlos.
Aus den Fenstern blickt Er: der Tod.

*September 1941*

## Tapferkeit

Wir wissen, was auf der Waage liegt
Und was heute geschieht.
Unsre Uhr schlug die Stunde der Tapferkeit,
Sie verläßt uns nicht, wir nicht sie.
Keine Furcht, sich unter die Toten zu legen,
Nicht mehr bitter ohne Dach und Brot.
Und dich behüten wir, russische Rede,
Großes russisches Wort.
Und tragen dich, den Enkeln frei und rein bewahrt,
Und retten dich vor der Gefangenschaft
auf immer.

*Februar 1942*

Ihr aber, Freunde, letztes Aufgebot!
Mir blieb das Leben, damit ich euch bewein.
Und nicht als trauernder Baum still überm Tod –
Sondern um eure Namen in die Welt zu schrein.
Doch was hier Namen!
Wie's auch sei – ihr seid mit uns.
Jetzt auf die Knie, alle!
Licht dringt hervor blutrot.
Und wieder gehn in Reih und Glied die Leningrader,
Lebende, Tote, im Rauch. Der Ruhm kennt keine Toten.

*1942*

Lässig Adieu zu den Mädchen,
Im Gehn die Mutter geküßt,
Im neuesten Anzug, dem besten,
Wie zum Zinnsoldatenspiel,
Nicht gute, nicht andre, nicht schlechte,
Jeglicher an seinem Ort,
Wos keine ersten gibt, keine letzten ...
Wurden sie alle zu Erde, dort.

*1943*

## Vom Flugzeug aus

Werst, hundert, mehr, und Meilen,
Und Kilometer: Salz,
Steppengras lärmt, es leuchten
Wälder, die Zedern, schwarz.
Und wie nie vorher sah ich
Auf sie, die Heimat – neu.
Ich wußte: all dies, alles
Meins – meine Seele, mein Leib.

Mit einem weißen Stein merk ich an
Den Tag, als vom Sieg ich sang
Und ihm, ich überholte die Sonne,
Zuflog die Kuppel des Himmels entlang.

Unter den Füßen rauscht jetzt
Der Rasen des Aeroports,
Frühjahr!, wirklich: Zu Hause!,
Wie neu alles und wie vertraut ist,
Und die Mattigkeit in mir, die blaue,
Und schön: alles dreht sich im Kopf . . .
Maidonner, frisches Krachen, rollts –
Der Siegerin Moskau!

*Mai 1944*

# Cinque

*Autant que toi sans doute, il te sera fidèle,*
*Et constant jusques à la mort.*
Baudelaire

Wie am Abhang der Wolke: Ich
Ruf all deine Worte zurück,

Dir aber, vom Wort, das ich sprach,
War die Nacht heller als der Tag.

Und so, von der Erde los,
Gingen wir, Sterne, hoch oben.

Weder verzweifelt, noch Scham:
Nicht jetzt, nicht damals, nicht dann.

Doch du, lebend und nicht im Traum,
Hörst, wie ich dich rufe, laut.

Und die Tür, die du aufgetan hast,
Zu schließen bin ich zu schwach.

*26. November 1945*

Fern im Äther verwesen die Töne,
Das Abendrot hüllt sich in Nacht,
Nur meine und deine, die Stimmen,
In der Welt, die auf immer erstarrt.
Und zum Wind von unsichtbaren Seen
Durch wie von Glocken Klang
Verwandeln sich jetzt die Gespräche
Zu gekreuzter Milchstraßen Glanz.

*20. Dezember 1945*

Nie seit ich mich erinnre wollt ich
Bedauert werden – heut,
Von deinem Mitleid einen Tropfen,
Geh ich, die Sonne im Leib.

Darum also Morgenrot ringsum,
Geh ich, schaffe Wunder,
Aus diesem Grund!

*20. Dezember 1945*

Du weißt, ich werde nicht preisen
Den letzten, bittersten Tag;
Was laß ich dir für die Reise?
Meinen Schatten? wozu meinen Schatten?
Eine Widmung in ein Drama,
Von dem nicht die Asche blieb,
Oder das vortrat aus dem Rahmen,
Das gräßliche Neujahrsbild?
Oder das kaum hörbare
Lied der Birkenköhlchen, die glühn,
Oder was man zu Ende nicht brachte
Von der anderen, fremden Liebe?

*6. Januar 1946*

Wir atmeten nicht vom Schlafmohn,
Unsre Schuld blieb uns unbekannt.
Unter welchen zum Leid geboren
Sind wir der Sternzeichen des Lands?

Und welches Gesöff der Hölle
Braute uns die Januarnacht?
Welch unsichtbare Morgenröte
Nahm uns vor Tag den Verstand?

*11. Januar 1946*

## Drei Gedichte

Zeit nun die Kamelschreie zu vergessen,
Das weiße Haus in der Shukowskistraße.
Zeit, höchste Zeit zu Birken und zu Pilzen,
Zum großen Moskauer Herbst zu gehn.
Dort glänzt jetzt alles, badet sich im Tau,
Der Himmel klettert unerhört nach oben,
Und die Chaussee nach Rogatschow erinnert sich
Des Räuberpfiffs vom jungen Block . . .

Und suchtest im dunklen Gedächtnis, und findest
Handschuhe bis zum Ellenbogen
Und Petersburger Nacht. Und die Logen
Mit süßen, erstickten Gerüchen.

Und Wind weht vom Meer. Und zwischen den Zeilen
Über den Schmähsprüchen, überm Lob
Lächelt dir Block verächtlich zu,
Tragischer Tenor der Epoche.

Und er hat recht. Laterne, Apotheke,
Die Newa, Schweigen, Granit ...
Ein Denkmal des Jahrhundertanfangs
Steht dieser Mensch dort, steht:
Wie er dem Puschkin-Haus am Ufer
Lebewohl zuwinkte mit der Hand
Und dann die Mattigkeit, den Tod
Als unverdiente Ruhe annahm.

*1944–1960*

*Aus dem Zyklus »Berufsgeheimnisse«*

## Das Gedicht

Mattigkeit manchmal, oder wie erschöpft;
Der Schlag der Uhren will nicht aus dem Ohr;
Abflauend grollt, schon fern, Donner.
Und dann wie Klageruf, oder wie Stöhnen,
Und welcher Stimmen, unerkannt, gefangen,
Geheimnis, und ein Kreis wird immer enger,
Doch aus dem Grund von Flüstern und Geklirr
Erhebt ein Laut sich und besiegt sie alle.
Und rings um ihn so unabänderlich still,
Daß man wie Gras im Wald wächst hört, oder das Böse
Von Land zu Land ziehn mit dem Bettelsack . . .
Doch da schon Worte, wie geboren, kaum,
Signal: der zarte Klingelton des Reims –
Und nun Beginn, fast, ich versteh, hör, seh:
Es legen sich die vordiktierten Zeilen
Einfach und schwarz aufs reine Weiß des Hefts.

Was sollen mir der Oden endloses Heer,
Der sanfte Klang verschlungener Elegien ...
Ich sag, ins Lied gehört das Unerhörte,
Nicht wie's bei den Leuten ist.

Und wüßten Sie, wie ohne jede Scham
Gedichte wachsen, und aus welchem Müll!
Wie durch das Zaunloch gelber Löwenzahn,
Wie Melde und Dill.

Ein zorniger Ruf, frischer Geruch von Teer,
Geheimnisvoller Schimmel an der Wand ...
Und unverschämt und zärtlich tönt der Vers,
Ihnen und mir zum Spaß.

## Die Muse

Wie nur leb ich mit dieser Last,
Und sie nennen's noch MUSE, das,
Sie sagen: »Auf Wiesen Inspiration«,
Sie sagen: »Göttliches Lallen« –
SIE beutelt dich schlimmer als Masern,
Und dann wieder ein Jahr lang kein Ton.

## Der Dichter

Denk an, das nennt sich nun Arbeit,
Ein sorgloses Leben, ja –
Einer Musik etwas abhörn,
Und sagen: das hab ich gemacht.

Und, wenn man jemandes Scherzo
In ein paar Zeilen schlägt,
Beschwörn, daß das arme Herze
In den blühenden Fluren stöhnt.

Und dann den Wald belauschen,
Die schweigsamen Kiefern sehn,
Solang überall der graue
Vorhang des Nebels weht –

Von links, von rechts, ich nehme,
Und ohne Schuldgefühl,
Vom arglistigen Leben ein wenig,
Den Rest von der nächtlichen Stille.

# Der Leser

Und nicht zu tief im Unglück
Sei er, und ja nicht verschlossen –
Daß er den Lebenden klar ist,
Steht der Dichter, ein Tor, sperrweit offen.

Ihm zu Füßen ragt die Rampe,
Ringsum alles tot, leer, licht –
Des Limelight kalte Flamme
Zeichnete sein Gesicht.

Und jeder Leser ist wie ein Geheimnis,
Wie ein vergrabener Schatz.
Wär's der letzte, wär es einer,
Der sein Lebtag geschwiegen hat.

Dort ist alles, was uns die Erde
Wann immer sie will verbirgt,
Dort weint jemand, einer, hilflos,
Zur Stunde die angesetzt ist.

Und wieviel dort nächtliche Schatten,
Und Finsternisse, und kühl.
Doch die Augen, die unbekannten,
Reden mit mir bis zum Licht.

Für das eine sind sie voll Zweifel,
Für das andere loben sie mich . . .
So fließt die verschwiegene Beichte,
Die selige Glut des Gesprächs.

Unsere Zeit geht auf Erden eilig,
Und eng ist der Ring gelegt;
Doch er, unwandelbar, ewig,
Bleibt: ohne Namen, der Freund des Poeten.

## Epigramm

Und Beatrice – schuf sie wie Dante Verse?
Berühmte Laura je der Liebe Glut?
Nun, sagt man, lehrte ich die Frauen sprechen...
Wie bringt man sie zum Schweigen, großer Gott?

*Für Ossip Mandelstam*

O wie gewürzt der Atem der Nelke,
Die mir dort im Traum erschien;
Wo Eurydiken sich drehn, wo auf Wellen
Der Stier Europa entführt;
Dort, wo unsre Schatten fliegen
Überm Fluß, überm Fluß, überm Fluß;
Wo die Newa schwappt ans Granitene –
Zur Unsterblichkeit dein Propusk.

*1936–1960*

# Heimaterde

*Doch niemand auf der Welt ist tränenloser,*
*Hochmütiger und einfacher als wir.*
*1922*

Wir tragen sie nicht an Kettchen um den Hals,
Wir schluchzen über sie nicht Verse, endlos lange.
Sie nimmt uns nicht den bittren, unsern Schlaf,
Sie scheint uns nicht das lang verheißene Land.
Wir schlagen sie nicht für die Seele
Zum Gegenstand von Ankauf und Verkauf,
Und wenn wir krank, bedrängt und schweigend auf ihr leben,
Nimmt keiner sie in seine Träume auf.
Ja, für uns ist das Dreck an Galoschen,
Ja, für uns ist das, was knirscht auf dem Zahn.
Und wir mahlen und trampeln und schlucken
Diesen Staub, schuldlos und uralt.
Doch weil wir uns in sie legen und sie werden,
Nennen wir sie so leicht: unsere Erde.

*Leningrad 1961*

Gold rostet, Stahl verwest zu Staub,
Marmor zerbröckelt. Alles ist bereit zum Tod.
Am dauerhaftesten auf Erden ist die Trauer.
Es überlebt – das königliche Wort.

*1945*

## An die Verse

Ihr durch die Finsternis ein fallender Stern,
Wege wo keine sind im Wegelosen,
Bitterkeit, Lüge, immerneuer Schmerz,
Ihr niemals Trost.

*1961*

*Du bist wieder bei mir, Herbst,*
*meine Freundin!*
In. Annenski

Solln sie sich doch im Süden erholen,
Sich unter Palmen dehnen.
Hier ist es nördlich, ich nahm mir den Herbst
Zur Freundin in diesem Jahr.

Ich lebe im fremden geträumten Haus,
Wo ich vielleicht schon starb.
Wo in des Abends Mattigkeit
Der Spiegel Seltsames wahrt.

Ich geh unter schwarzen Kiefern hindurch,
Heidekraut ist hier wie Wind,
Es blitzt das trübe Stückchen Mond –
Ein alte schartige Klinge.

Ich brachte stolz die Erinnerung her
Ans Nichtwiedersehn mit dir –
Die kalte, aufrechte, gereinigte Flamme
Des Siegs übers Schicksal, hier.

*1963*

*Aus dem Zyklus »Mitternachtsgedichte«*

## Statt einer Widmung

Über Wasser irrend, verborgen im Wald,
Auf reiner Emaille undeutlich im Licht,
Weiß ich, daß ich die Trennung ertrag,
Nur dir zu begegnen nicht.

*Sommer 1963*

## Vorfrühlingselegie

*... toi qui m'as consolée.*
Gérard de Nerval

Bei den Kiefern der Schneesturm nun ruhig.
Und kein Wein – doch trunken und hell
Sang, als wär es Ophelia, uns
Die Nacht durch die Stille selbst.

Und der, der mir so erschien,
War mir jener Stille verlobt.
Nach dem Abschied, freigebig, blieb
Er mit mir – auf Leben, auf Tod.

*Komarowo, 10. März 1963*

## Und letztes

Sie war mit uns wie überm Meer der Stern,
Die neunte, tödliche Woge suchte ihr Strahl,
Du hast sie Unglück, hast sie Schmerz genannt,
Freude nanntest du sie kein einziges mal.

Tags kreiste sie als Schwalbe vorm Gesicht
Und auf den Lippen blühte sie als Lächeln.
Doch nachts mit eiskalten Händen würgte sie
Beide zugleich. In verschiedenen Städten.

Und auf das Ruhmgerede rings nicht hörend,
Und all die Sünden vorher lang vergessen,
Murmelt sie am schlaflosesten der Kissen
Die ruchlosen und die verfluchten Verse.

*23.–25. Juli 1963*

## Statt eines Nachworts

Dort, wo man die Träume dichtet,
Hat's zu verschiedenen für uns nicht gereicht.
Wir träumten einen – doch in ihm lag leicht
Die Kraft des Frühlings, an der Eis zerbricht.

*1965*

# Kurze Autobiographie

Am 11. (23.) Juni 1889 wurde ich in Bolschoi Fontan bei Odessa geboren. Mein Vater, Ingenieuroffizier der Flotte, war bereits im Ruhestand. Mit einem Jahr kam ich nach dem Norden, nach Zarskoje selo. Dort blieb ich bis zu meinem sechzehnten Lebensjahr.

Meine ersten Erinnerungen sind mit Zarskoje selo verbunden, mit den Parkanlagen in ihrer nassen grünen Pracht, der Weide, zu der mich die Kinderfrau führte, der Rennbahn, auf der kleine, scheckige Pferde galoppierten, dem alten Bahnhof und allem anderen, was später in die »Zarskoselsker Ode« Eingang fand.

Den Sommer verbrachte ich jedes Jahr am Ufer der Strelezker Bucht bei Sewastopol. Dort freundete ich mich auch mit dem Meer an. Doch am meisten beeindruckte mich damals das benachbarte alte Cherson.

Lesen lernte ich nach dem Alphabet Leo Tolstois. Mit fünf Jahren bemächtigte ich mich auch des Französischen durch Zuhören beim Unterricht der älteren Kinder.

Mein erstes Gedicht schrieb ich mit elf Jahren. Die Dichtung begann für mich nicht mit Puschkin und Lermontow, sondern mit Dershawin (»Auf der Geburtstagsfeier eines Knaben in Purpur«) und Nekrassow (»Waldkönig Frost«). Diese Gedichte kannte meine Mutter auswendig.

Ich lernte im Mädchengymnasium von Zarskoje selo. Zuerst schlecht, dann besser, jedoch nie mit Lust.

1905 trennten sich meine Eltern, und meine Mutter übersiedelte mit den Kindern nach dem Süden. Ein ganzes Jahr lebten wir in Jewpatoria, wo ich zu Hause den Stoff der Unterprima durchnahm, Zarskoje selo nachtrauerte und viele hilflose Gedichte schrieb. Das Echo der Revolution von 1905 erreichte nur gedämpft das weltabgeschiedene Jewpatoria. Die Prima absolvierte ich im Kiewer Funduklejew-Gymnasium, das ich im Jahre 1907 beendete.

Anschließend besuchte ich die Juristische Abteilung höherer Mädchenkurse in Kiew. Solange ich Geschichte des Rechts und besonders Latein zu lernen hatte, war ich zufrieden; kaum aber begannen die rein juristischen Fächer, da erlosch mein Interesse für das Studium.

1910 heiratete ich N. S. Gumilew, und wir fuhren für einen Monat nach Paris.

Der Bau neuer Boulevards am lebendigen Leib von Paris (den Zola beschrieben hat) war noch nicht ganz abgeschlossen (der Boulevard Raspail). Werner, ein Freund Edisons, zeigte mir in der Taverne de Panthéon zwei Tische: »Da sitzen eure Sozialdemokraten – hier die Bolschewiki, dort die Menschewiki.« Mit wechselndem Erfolg trugen die Frauen bald Hosenröcke (jupes-culottes), bald Wickelröcke (jupes entravées). Gedichte waren nicht mehr gefragt; gekauft wurden sie nur noch wegen der Vignetten mehr oder minder renommierter Künstler. Ich begriff schon damals, daß die Pariser Malerei die französische Poesie absorbiert hatte.

Nach Rußland zurückgekehrt, besuchte ich in Petersburg Rajews Hochschullektionen über Literaturgeschichte. Zu dieser Zeit schrieb ich bereits Gedichte, die später in mein erstes Buch eingingen.

Als mir die Korrekturabzüge der »Zypressenholzschatulle« von Innokenti Annenski vor Augen kamen, war ich erschüttert. Während der Lektüre vergaß ich alles andere auf der Welt.

1910 wurde die Krise des Symbolismus offensichtlich. Die jungen Dichter schlossen sich dieser Strömung nicht mehr an. Die einen gingen zu den Futuristen, die anderen zu den Akmeisten. Zusammen mit Mandelstam, Senkewitsch und Narbut, meinen Kollegen aus der ersten Dichtergilde, wurde ich Akmeistin.

Das Frühjahr 1911 verbrachte ich in Paris, wo ich die ersten Triumphe des russischen Balletts miterlebte. 1912 reiste ich durch Norditalien (Genua, Pisa, Florenz, Bologna, Padua, Venedig). Der Eindruck von der italienischen Malerei und Architektur war gewaltig, fast wie ein Traum, den man nie mehr vergißt.

1912 erschien mein erster Gedichtband: »Abend«. Gedruckt wurden nur dreihundert Exemplare. Die Kritik nahm den Band wohlwollend auf.

Am 1. Oktober 1912 wurde mein einziger Sohn Lew geboren.

Im März 1914 erschien mein zweites Buch: »Rosenkranz«. Es sollte nur knappe sechs Wochen leben. Anfang Mai klang die Petersburger Saison ab, und die Stadt leerte sich allmählich. Diesmal war es eine Trennung von Petersburg auf ewig. Wir kehrten nicht mehr nach Petersburg zurück, sondern nach Petrograd – aus dem neunzehnten Jahrhundert unvermittelt in das zwanzigste. Alles war anders geworden, selbst das Äußere der Stadt. Man sollte meinen, das Bändchen Liebeslyrik eines jungen Autors wäre in den welthistorischen Ereignissen untergegangen. Doch die Zeit wollte es anders.

Den Sommer verbrachte ich stets im ehemaligen Gouvernement Twer, fünfzehn Werst von Beshezk entfernt. Eine reizlose Gegend: auf hügligem Gelände gleichmäßige Quadrate gepflügter Felder, Mühlen, Bruchwiesen, trockengelegte Sümpfe, Torpforten, Getreide, Getreide ... Dort habe ich sehr viele Gedichte der Bände »Rosenkranz« und »Weißer Schwarm« geschrieben. Der »Weiße Schwarm« erschien im September 1917.

Diesem Buch gegenüber sind Leser und Kritiker ungerecht. Sie meinen, es hätte weniger Anklang gefunden als der »Rosenkranz«. Dabei erblickte diese Sammlung unter noch unglücklicheren Umständen das Licht der Welt als die vorangegangene. Das Verkehrswesen lag danieder. Nicht einmal nach Moskau konnte das Buch gelangen; es wurde restlos in Petrograd abgesetzt. Zeitschriften und Zeitungen hatten ihr Erscheinen eingestellt. So war es kein Wunder, daß dem »Weißen Schwarm« zum Unterschied vom »Rosenkranz« ein lebhafter Pressewiderhall versagt blieb. Hunger und Chaos wuchsen mit jedem Tag. Sonderbar, daß alle diese Umstände heute nicht mehr berücksichtigt werden.

Nach der Oktoberrevolution arbeitete ich in der Bibliothek des Agronomischen Instituts. 1921 erschien mein Gedichtband »Wegerich«, 1922 »Anno Domini«.

Seit Mitte der zwanziger Jahre galt mein Interesse vornehmlich der Architektur des alten Petersburg und dem Leben und Schaffen Puschkins. Das Ergebnis meiner Puschkin-Studien waren drei Arbeiten: über den »Goldenen Hahn«, über Benjamin Constants »Adolphe« und über den »Steinernen Gast«. Sie alle wurden seinerzeit gedruckt.

Die Arbeiten »Alexandrina«, »Puschkin und die Newaküste«, »Puschkin im Jahre 1828«, mit denen ich mich die letzten, nahezu zwanzig Jahre beschäftigt habe, werden wahrscheinlich in das Buch »Puschkins Tod« eingehen.

Mitte der zwanziger Jahre wurde die Veröffentlichung meiner Gedichte, sowohl der neuen wie der alten, fast völlig eingestellt.

Der Vaterländische Krieg 1941 fand mich in Leningrad. Ende September, schon während der Blockade, wurde ich nach Moskau ausgeflogen.

Bis Mai 1944 wohnte ich in Taschkent. Begierig nahm ich alle Nachrichten über Leningrad, über die Front auf. Gleich anderen Dichtern war ich oft in Lazaretten, ich trug den verwundeten Soldaten Gedichte vor. In Taschkent habe ich erstmals erfahren, was in sengender Hitze der Schatten eines Baumes und der Klang des Wassers bedeuten. Und noch etwas habe ich kennengelernt – menschliche Güte: In Taschkent war ich oft und schwer krank.

Im Mai 1944 flog ich in das frühlingshafte Moskau, das schon erfüllt war von freudiger Hoffnung und von der Erwartung des nahen Sieges. Im Juni kehrte ich nach Leningrad zurück.

Das gespenstische Antlitz meiner Stadt schockierte mich dermaßen, daß ich die Begegnung mit ihr in Prosa beschrieb. Damals entstanden meine Skizzen »Drei Stengel Flieder« und »Zu Gast beim Tod«. Die letzte Skizze handelt von einem Gedichtvortrag an der Front bei Terioki. Prosa war für mich immer Geheimnis und Verführung zugleich. Über Gedichte wußte ich von Jugend an alles, über Prosa wußte ich nie etwas. Meinen ersten Versuch haben alle sehr gelobt. Ich habe es natürlich nicht geglaubt. Ich wandte mich an Sostschenko. Er riet, einiges zu streichen, mit dem Rest sei er einverstanden. Ich war froh. Später, nach der Verhaftung meines Sohnes, verbrannte ich die Skizzen mitsamt dem ganzen Archiv.

Lange schon interessierte mich die Übersetzung schöner Literatur. In den Nachkriegsjahren habe ich viel übersetzt. Ich übersetze auch jetzt.

1962 beendete ich mein »Poem ohne Held«, an dem ich zweiundzwanzig Jahre geschrieben habe.

Letzten Winter, vor Beginn des Dante-Jahres, habe ich wieder italienische Laute gehört: ich war in Rom und auf Sizilien. Im Frühjahr 1965 reiste ich in die Heimat von Shakespeare, sah den britischen Himmel und den Atlantischen Ozean, traf mit alten Freunden zusammen und lernte neue kennen. Noch einmal weilte ich in Paris.

Ich habe nie aufgehört, Gedichte zu schreiben. Für mich waren sie die Verbindung zur Zeit, zum neuen Leben meines Volkes. Beim Dichten war ich erfüllt vom Rhythmus der heldenhaften Geschichte meines Landes. Ich bin glücklich, in unvergleichlichen Jahren gelebt zu haben und Zeuge einmaliger Ereignisse gewesen zu sein.

*1965*

*Übersetzung: Werner Rode*

*Anna Achmatowa ist am 5. März 1966 in Domodedowo bei Moskau gestorben.*

# Inhaltsverzeichnis

*Nachdichtung von Sarah Kirsch (SK) und Rainer Kirsch (RK)*

Erste Auflage November 1998

Buchgestaltung: Gerhard Steidl/Klaus Detjen/Sarah Kirsch
Gesamtherstellung: Steidl, Göttingen
Printed in Germany
ISBN 3-88243-619-0